지나는 별을 무척
사랑하는 귀여운
소녀입니다.

엄마와 아빠가 바빠서 혼자 있어야 할 때가 많았던 지나는 사실 외로웠어요.

오로지 별들만이 지나의 마음을 어루만져 주었죠.

어느 날, 지나는 가장 사랑하던 별이 갑자기 사라지는 것을 보았습니다.

용기를 낸 지나는 사라진 별을 찾기로 하였지요.

"어둠 속의 빛을 따라가면 별을 찾을 수 있을 거야."

별이 사라진 방향으로 걸어가다 보니 작은 동굴이 나왔고 그 안에는 무척 아름다운 숲이 있었어요.

처음 보는 신기하고
귀여운 동물 친구들
덕분에 전혀 무섭지
않았답니다.

맛있는 냄새를 따라 걷던
지나는 아주 예쁜 집을
발견하였어요.

"너는 누구지?"
흰 수염이 난 할아버지
가 물었어요.

"저는 지나라고 해요. 제
별을 찾으러 왔어요. "

"흠, 그렇구나. 나는
마법사 멜리스 할아버
지란다. 들어와서 같이
먹겠니?"

"네, 감사합니다. "

맛있는 음식을 먹으며 지
나는 마음속에 있던 이야
기를 할아버지에게 털어
놓았어요.
사실 그동안 무척 외로웠
다고 말이지요.

"지나야, 너는 절대 혼자
가 아니란다. 네게 이 마
법 책을 펼쳐 줄 테니 여
행을 해보렴."

"어디로요?"
"그냥 너의 마음을 따라가면 된단다. 거기에 네가 찾는 것이 있기를 바라마."

지나는 할아버지의 말씀을 이해할 수 없었지만 할아버지와 함께 마법책을 펼쳐보았습니다.

"안녕? 반가워, 지나야.
날 따라와. "

지나의 눈앞에 토끼귀를
가진 아기여우가 나타났
습니다.
너무 놀랐지만 아기여우
를 따라 뛰어갔어요.

토끼귀 여우가 지나를 데
려간 곳은 요정들의 숲이
었습니다.

요정들은 지나를 반겨주
었고 함께 노래 부르며
춤도 추었습니다.

"밝고 예쁜아이구나."

요정 친구는 지나에게 작은 불빛을 건네주며 잘 간직하라고 하였습니다.

지나는 그 불빛이 사라진 별처럼 예뻐서 무척 기뻤습니다.

언제가 이런 꿈을 꿨었던 것 같은 기분도 들었지요.

요정의 숲이 사라지자 이번엔 고슴도치처럼 등에 가시가 뾰족하게 나 있는 작은 곰이 나타났습니다.

"안녕? 이번엔 날 따라와, 지나야."

지나는 신이 나 작은 곰을 따라 뛰어갔어요.

이번엔 또 어떤 아름다운 곳이 나올까 기대하면서요.

하지만 지나의 눈앞에 나타난 것은 아름다운 곳이 아니라 큰 곰이었습니다.

그것도 엄청나게 커다란 곰이었어요.

너무 무서웠지만 지나는 곰에게 예의바르게 인사하였습니다.

"안녕하세요, 곰 아저씨?"
"네가 지나구나. 무척 예쁜 별을 가졌는걸?"

무서운 곰아저씨는 사실 친절하고 상냥했어요.

지나는 마법사 할아버지와 요정이야기를 들려주었어요.

"재미있는 이야기를 들려줘서 고맙구나. 내 등에 탈 수 있겠니?"

곰아저씨는 지나를 태우고 숲 깊은 곳까지 신나게 달려주었습니다.
지나는 이렇게 빠르게 달려본 적은 처음이었지만 전혀 무섭지 않았어요.

사실 최고로 신나는 순간
이었답니다.

"이제 헤어져야 한단다.
남은 여행도 꼭 가슴에
잘 새기렴."

곰 아저씨가 사라지자 이 번엔 파랑색 털을 가진 작은 참새가 기다리고 있 었어요.

"행복해 보이는구나, 지 나야. 이번엔 날 따라와. " "응. 좋아. "

지나는 이제 다음 여행이 기대될 정도였습니다.

그리고 지나의 눈앞에 나타 난 것은 눈부시게 화려한 커 다란 새였어요.

"용감한 지나구나. 네가 원하 는 것을 말해보렴."
"내가 원하는 거?"

그동안 지나는 원하는 것이 있어도 늘 '괜찮아요.'라고만 말하곤 했어요.

그래야 더 사랑받을 것 같았 거든요.

"네가 말하지 않으면 아무도 모른단다."
"그렇구나. 그럼, 나도 하늘을 날 수 있을까?"
"좋아. 물론이지."

지나를 태운 커다란 새는 하늘을 훨훨 날았습니다. 지나는 답답했던 속이 '뻥'하고 뚫리는 기분이 들었습니다.

자유로웠어요.

작게 변한 새가 지나에게 말했어요.

"오늘 느낀 이 기분을 절대 잊지 말고 기억하렴."

지나는 눈물이 날 것 같았어요.

"헤어지고 싶지 않아."
"아직 너의 여행은 끝나지 않았는걸? 다음 여행도 즐거울 거야."

새의 말이 끝나자마자 지나는 신기하게도 물속에 있었습니다.

바닷속은 너무 신비스러웠어요.

물고기들도 지나 곁에서 헤엄치며 반갑게 맞아주 었습니다.

귀여운 돌고래는 정말 장 난꾸러기였지요

"너무 재밌었어, 돌고래 야."

지나는 친구와 장난치며 노는 즐거움 알게 되었습니다.

"친구는 정말 소중한 거야, 절대 잊지 마."
"응. 꼭 기억할게."

지나에게 또 하나의 잊지 못할 추억이 생겼습니다.

"이번엔 나야. 하지만 난 널 이 숲에서 나가는 길을 알려줄 거야. 준비됐어?"

지나는 무척 아쉬웠지만 이제 가야 한다는 것을 알았습니다.

"응, 준비됐어. 이제 가자."

지나는 씩씩하게 사슴을 따라 걸었습니다.

지나가 지나가는 길에는 반딧불이들이 환하게 길을 비춰주고 있었습니다.

숲을 빠져나오자 그곳은
지나의 집이 있는 마을이
아니라 처음보는 커다란
도시였습니다.

지나의 여행은 아직 끝나
지 않았던 것입니다.

"난, 이 나라의 왕자다.
넌 누구지?"

"난 지나라고 해. 음....
여행중이야. "

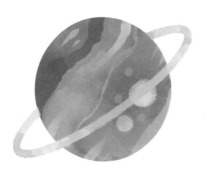

왕자는 세상을 다 가진 것 같았지만 늘 혼자였습니다.

예전의 지나처럼요.

지나는 그런 왕자에게 좋은 친구가 되어주고 싶었습니다.

두 사람은 함께 그네를 타며 신나게 놀았고 이야기도 자주 나누었습니다.

지나는 마법사 할아버지와 곰 아저씨, 새와 돌고래 친구 이야기를 들려주었어요.

그리고 요정들의 이야기도요.

왕자는 지나의 이야기를 무척 좋아했어요.

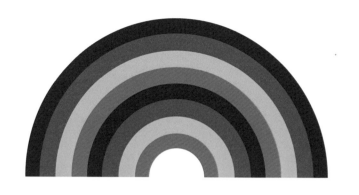

지나는 혼자 남을 왕자가 걱정되었지만 이제 집으로 돌아가고 싶었습니다.

엄마와 아빠가 무척 보고 싶었거든요.

"왕자야, 네게 이 빛을 줄 게."

"이건 너의 가장 소중한 빛이잖아."

"너에게 주고 싶어. 이 빛을 가지고 있으면 너도 이제 외롭지 않을 거야. 언제나 널 기억할게."

지나는 왕자에게 빛을 주었지만 하나도 아깝지 않았습니다.

오히려 왕자에게 줄 것이 있어서 행복했지요.

왕자에게 빛을 주고나자 도시는 사라지고 지나의 마을이 나타났습니다.

지나는 집을 향해 신나게 달려갔어요.

기다리고 있던 엄마와 아빠가 지나를 꼭 안아주었습니다.

지나는 집에 돌아와 정말 정말 행복했습니다.

잠들기 전, 지나는 엄마
에게 그동안의 꿈같던 일
들을 모두 들려주었어요.
엄마는 지나를 꼭 안아주
었습니다.

"네가 정말 자랑스럽구
나. 사랑한다, 지나야."

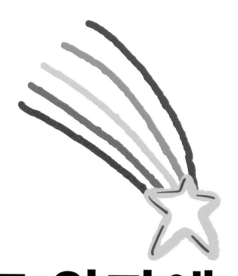

그리고 왕자에게 주었던 것처럼 다른 친구들에게도 마음을 나누어 주었습니다.

요정들처럼 함께 노래 부르고 곰 아저씨처럼 뛰어놀고 돌고래처럼 장난도 치면서요.

지나는 왕자에게 다 주어서 없어졌다고 생각했던 빛이 아직 남아있다는 것을 알았습니다.

나눌수록 더 밝아진다는 것도요.

사라졌다고 생각했던 그 별은 사실 지나의 마음속에 있었던 이 빛이 아니었을까요.

도서명
지나의 잃어버린 별을 찾아서
발 행 │ 2023년 08월 10일
저 자 │ 채영란
펴낸이 │ 한건희
펴낸곳 │ 주식회사 부크크
출판사등록 │ 2014.07.15.(제2014-16호)
주 소 │ 서울특별시 금천구 가산디지털1로
119 SK트윈타워 A동 305호
전 화 │ 1670-8316
이메일 │ info@bookk.co.kr

ISBN │ 979-11-410-3896-0

www.bookk.co.kr